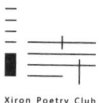

Xiron Poetry Club

中国桂冠诗丛

唐欣 著

母亲和雪

Tang Xin

Mother and Snow

目录

| 中国最高爱情方式 |

003　少年时代

005　中国最高爱情方式

008　未名诗人小刘轶事

009　想象中的田园风景及人物

010　历程

012　童年

013　我在兰州三年

015　回忆在雨中和张晨打羽毛球

016　雨夜

017　春天

018　西固

020　桌上的苹果

021　大白天自行车座没了

022　怀古

025　给女儿

027　西藏

029　新居

| 雨天和蛇 |

033　家庭作业
035　兰州
037　验明正身
038　青藏高原
040　兰州之夜,有朋自远方来
041　又到合作
043　朝霞
044　兰州
045　自娱自乐
046　冥想
048　早晨
049　挨揍
050　童年
051　西北腹地纪行
053　雨天和蛇
054　幻象和幽灵
056　阴天和腊肉
058　2009 年
060　父亲
061　母亲
063　姐姐

064　妹妹

| 与天真的人擦肩而过 |

067　外省记
069　回家记
071　认识记
072　母亲和雪
073　雨中记
074　遥想未来的诗人研究
076　批斗大会
078　教书记
080　幻象记
082　春游记
083　居家记
084　耳聋记
086　晕眩记
088　感动的方式
089　被约谈的副教授
090　东单公园
091　冬天的河
092　祖国

093　春天里　那百花开
094　学生们的头发
095　挖土豆的少年
096　香港
097　凤凰涅槃
098　与天真的人擦肩而过

| **穿制服的少女** |

101　养老院里的客人
102　穿制服的少女
103　数学大国
104　给收垃圾的人的礼物
105　领受赐福的人们
106　北平的春天
107　新年的前一天
108　野草的价钱
110　小城里的大师
111　老同学
112　迟到的审判
113　采购员与香烟
114　老朋友

115　口头禅
116　北京组诗（节选）

| 跋 |

153　朝向自由的诗歌｜唐欣
156　英雄与大师｜沈浩波

| 中国最高爱情方式 |

少年时代

你旋转着栀子花色的短裙
乌亮的头上别着红木梳子
嘴里含一把口琴
仿佛童话里的一页插图
让男孩子们神魂颠倒
你娓娓地说些什么我不明白
一点儿也不明白
可你把手帕丢在我的身后
摸着小平头我涨红了脸
唱支歌你说唱支什么歌好呢
那是一个旋转的仲夏之夜
蓝色的星星旋转
第二天我就去了远方
手里紧紧攥着你给我的一块奶糖
好多年好多年
等我带着一圈络腮胡子归来
已经是落叶时节了
你抱着一个大眼睛男孩
他一个劲儿冲我做鬼脸

还好吗？好吗
远处有人唱歌
我点起第一支烟
现在最好沉默
那么，再见

1985 | 06

中国最高爱情方式

我爱她爱了六十年
爱了六十年没说过一句话
我肯定她也爱我
爱了六十年没说过一句话
我们只是邻居
永远只是邻居
我有一种固执的想法
我一开口就会亵渎了她
我知道她也如此
我们只是久久地凝视着
整整六十年没说过一句话

六十年前相爱的人已经老态龙钟
老态龙钟地参加孙子的婚礼
回家就各自想自己的心事
他们互相躲避　互相设防　互相诅咒
他们早已不再相爱
而我们的爱已经是陈年老酒
纯得透明　醇得透明

我们深深知道
那是致命的爱情呀
一接近它我们就会死去

六十年就这样过去了
我已经老得成了一个孩子
她已经老得成了一个孩子
我们都将不久于人世
我想时间到了　时间到了
那个深夜呀　雪落下来
六十年的雪落下来
我叩响她的木门
我们的头发已经像雪一样
爱情已经像雪一样
她会心地看我　看我
我们没有说一句话
炉火熊熊　一切都和想象一样
她取出两杯酒　和想象一样
纯得透明　醇得透明
我们没有说一句话
我们只是久久凝视着
我们深深知道　这是致命的酒

我们将永远睡去
这就是我们的爱情方式
我们没有说一句话
外面的雪还在落　沉重地落下来
盖住屋顶　盖住道路　盖住整个世界
六十年的苍茫大雪呀

1986 | 03

未名诗人小刘轶事

小刘经常喜欢写些长短句子
大家就叫他诗人
小刘的诗写了几大本子
就是没有一首发表
小刘不明白是怎么回事
可还是整天趴那儿写呀写的
昨天小刘有首诗上了报纸
是在最后一版的右下角里
小刘高兴死了
就跑到酒馆买了一只烧鸡
小刘刚张开嘴
梦就醒了
几本子诗稿还搁在床头
小刘穿上衣服去上班
一路上人们喊他诗人诗人
小刘的眼睛就湿了

1986 | 06

想象中的田园风景及人物

那天我去乡下找你
雨刚停了一小会儿
我能看见你的旧草帽晃悠
你的狗一蹦一跳逗着阳光
你就在不远的田里掰玉米
土地悠悠升起雾气
赤脚踩上去很舒服
我们没说什么就去干活
收获是桩快活的事情
很快你就会有好大一座牧场
各种颜色的奶牛散布草地
春天你还要娶一位妻子
她不仅勤劳而且美丽
就这样白天不知不觉地过了
我们摇摇晃晃走回家去
夜色发蓝让人不想再唱
一匹白马在远处喷着响鼻

1986 | 06

历程

一个人
仰望蓝天
蓝天一望无际
蓝天　蓝得让人想入非非

一个人
仰望蓝天
就给定在那儿
像一个黑点
所有想法
都已烟消云散

一个人
仰望蓝天
直看得蓝天不是蓝天

一个人
仰望蓝天
先是晕眩

后是茫然

终于莫名其妙

泪流满面

1986 | 10

童年

我们正排队通过广场
小朋友们,手拉着手
就在这时,我的裤子松了
我怎么也系不上
左边的小女孩,尖着嗓门
冲我发火,而右边的男孩
索性丢开我,我满头大汗
没人来救我
我甚至哭不出声
站在那儿,光着脑袋
太阳照着,当时我六岁
以后我再也没能
摆脱这种
绝望的心情

1987 | 06

我在兰州三年

在1984年的秋雨中
我来到兰州,兰州
灰蒙蒙的,下着雨
城市坐落在河岸
河岸匍匐在山谷
汽车缓缓过桥
有人告诉我说
这就是黄河
以后我就在西郊读书
其间几次想要自杀
兰州,每一条街道拐角
都会有人和你玩命
兰州,每一辆公共汽车
都挤满扒手
也有人写诗,自命不凡
也有所谓名流,不可一世
我亲眼看着他们倒下去
我发现谁都可以站起来
兰州,人们在有树的山上过节

远处就是工厂,灰蒙蒙的
难得看到很远,在兰州
好些少女操着方言
多半小伙儿藏着凶器
我念古文,刚好及格
做生意,几近赔本
一些朋友去了远方,再无音讯
在东方红广场,我曾坐到黄昏
行李停在脚下,天上刮着风
有时候和叶舟去看电影
散场后就在天津餐馆喝啤酒
我经常流泪,却从未醉过
偶翻佛经,但少有所悟
在兰州,我曾那样爱过,死去活来
最后仍是孑然一身,兰州
我曾作为旅人走遍中国
对你我一往情深,又满怀轻蔑
把被你打垮的伙伴送到车站
我终于明白,我不想承认
我们注定要失败

1987 | 06

回忆在雨中和张晨打羽毛球

我还不能像大师那样
玩味自己细小的悲欢
然后点石成金　看着她飞
我只能设想我的难友是一只鸟
羽毛被冲洗得闪闪发亮
在雨中　我们重返自由
我几乎像晚年的浮士德喊出
这时刻多美呀　请停一下
这时刻很快就过去了
雨还在下　恰如痛苦的快感
使人愉悦
又令人心碎

1987 | 06

雨夜

这场雨下在夜里
在梦中我听到她的声音
从遥远的山上下来
悄悄走进我的草地
我睁开眼　果然是她
沙哑的嗓子　低低絮语
不知这雨要下多久
但愿她一直持续到拂晓时分
因为白天还有许多事要做
而此时我又无法再次入梦
只有听着她的声音绵绵不绝
先是使人感到潮湿
继而又让人觉得甜蜜
最后我下床打开窗户
让逝去的亲人们进来避雨
我相信他们正站在窗外
我相信他们已满脸泪水

1987 | 06

春天

春天,忧伤以及空空荡荡
我伸出双手,丢掉了什么
又抓住些什么

在寒冷的小屋
像圣徒一样读书
什么也不能把我拯救

长期的寂寞使人发疯
下一个我将把谁干掉
想象中,我曾埋葬过多少赫赫帝王

其实我多愿意是个快活的小流氓
歪戴帽子,吹着口哨
踩一辆破车子去漫游四方

也许我该怒吼
也许我该冷笑
也许我该躺下来,好好睡一觉

1990 | 03

西固

西固　很难说我是怀着
什么样的心情　走进你
并淹没在你的人群之中
我看见警察站在马路边
喝令女孩子退回到她该走的道上
我看见戴袖标的半老太婆
撕票给吐痰的农民罚款
我看见一个拎公事包的南方人
几乎是被绑架进了中巴车里
我走过交通事故的宣传栏
理发馆　银行和卖老鼠药的小摊
我逛完了两条大街也没找着吃的
只好饿着肚子看了一场武打电影
我走进气味复杂的小饭馆
牛肉面还不错　可惜辣椒太多
我在五花八门的书摊前停下
发现武侠和言情小说都打着封条
我拿起一本画报　主人提醒我说
只能看目录　于是我继续前行

拥挤的菜市场　有股田野的气息
各种各样的动植物　原先都在什么地方
此刻已到中午　我想起向荣说的
天空那个蓝呀　现在我深有同感
数不清的车辆和行人汹涌而来
这都是来自巨大的烟囱
和轰鸣的机器身旁的工人阶级
正是他们在推动或阻挠着
西部中国的民族经济
我自小在这种环境里生活
从前也是其中的一员　这个场面
我感到亲切　伤感和迷惘
但他们神情疲惫　一闪而过
我来不及认清任何一张脸
因为我的女友正向我走来
在这个充斥着欲望　挫折　空气污染
的工业城区　这个把手递给我的女孩
难道不和沙漠里的植物一样
堪称奇迹　西固　我该向你致谢
我不能要求再多了
我不能希望再多了

1990 | 08

桌上的苹果

苹果　静静地停在桌上
好像就要滚动
我怎么也不能　把桌上的苹果
和树上的苹果　联系起来
比方这些圆满的　饱含着糖和水分
微微闪光的　青黄色的
不轻不重的家伙　难道还曾经
老老实实地藏在树叶中间
而当我的手伸去　它们
马上就会呼叫　从果园中
马上就会奇迹般地出现一个
或者一群　提着镰刀的　愤怒的人
我的朋友就这样丢过一条腿
说起来　我真有点害怕
这些生在北国　像羞涩少妇
一样脉脉含情的水果

1990 | 10

大白天自行车座没了

当我看到它时不禁愣住
我的自行车　没了车座
就像一个革命者
被砍掉了头颅
剩下的部分　成了怪物
朝我咧嘴讪笑

我的自行车　你招谁惹谁了
得到这样的报应　青天白日之下
凶手何在　我举头四顾
大街上照样熙熙攘攘
每个人的样子都那么可疑
可我却不能
扑向其中的任何一个

1992 | 03

怀古

冥想古代
反抗时间

那里,明月松间照
清泉石上流
高僧粗布衣服
一口土话,言简意深
朝闻道,夕死可矣

几个朋友,围火炉吃酒
谈太白诗,道子画,猜拳行令
伶人弹筝,弹琵琶,远处可以闻笛
耳热之际,抨击朝政
皇帝小儿傻蛋一个

雪天,一袭黑斗篷
独钓寒江,一无所获,尽兴而归
或打马深山,惊起宿鸟
高飞在灰色天空

到月黑风高之夜
强盗杀人放火，我紧闭门窗
或读禁书，或临名家字帖

在古代，秉烛夜读，红袖添香
休息时，吃点心，喝莲子粥
书童聪敏，丫环伶俐
妓女能歌善舞，颇通诗文
农民安居乐业
有钱便去求学

春日踏青，夏日赏荷
秋天一骑瘦驴，遍游名山大川
一路赋诗，碰到剪径强人
念我读书人高抬贵手
半袋碎银，回家尚未使完

古代，曲径通幽处，禅房花木深
有人入朝作官
有人隐居山林
还有的任性胡来
最终成了圣贤，怪不得

夫子曾道，郁郁乎文哉
吾从周，克己复礼云云

冥想古代，白日梦一场
人曰：傻帽也

1992 | 06

给女儿

在所有的奇迹当中
最让人惊奇的莫过于生命的诞生
让我们记住这梦一样的场景
空军医院　你母亲的痛苦
让我作证　一个卷发的护士最先
举起你　红红的一团　轻轻一晃
你开始尖声啼哭　这一刻　两点零七分

你来了　在一天的凌晨　这一刻
暴雨刚停　天空干干净净
大地还未苏醒　空气清新
这一天是劳动节　全世界放假
全世界的节日　把你欢迎
也许正为了给你一个提醒
劳动是生活之母　要热爱劳动

这一刻　还没有做好准备的
李梦云和唐欣　猛然间
成了你的母亲和父亲　从此

我们三个人　要在这广大的世界上
进行斗争　我的一位朋友宣称
和儿子一起成长
我比他还要夸张　让我说
女儿　请带领我们飞翔

1993 | 05

西藏

别跟我提西藏　我头晕
雪山的光　刀的锋刃
刺痛了我的眼睛
钢蓝的湖水　婴孩的瞳仁
清冽　彻骨　充满诱惑
但我会在那儿冻死　我是个俗人
我的手　从未摸过红羊皮经书
我的头顶　也没有老鹰盘旋
我们只能像缘分不够的男女
擦肩而过　可我乐意
在玻璃板下压着你的风景

西藏　西部还要往西
高原上的高原　空气稀薄
我怕我会喘不过气来
我举起手　但并非屈服
你知道　我只是瞌睡了
在西部　我总睡不醒

其实我真正喜欢的

是住在海边　听着涛声

1996 | 10

新居

我的房子来得太晚
以至让我无言以对　一如儿时
逃学后反倒无事可干
只好坐在河边发呆

回不来了　节前擦玻璃的喜悦
拖地板时哼的那支歌曲
不远处小学操场　突然爆发
又突然消失的阵阵喧嚣

凭什么是我而不是那个
扛水泥上楼的民工　坐在这里
什么样的屁股　才不辱没这套沙发
在各种各样的装饰材料中间
我的手　该放在什么地方
难道我　读过福柯和荷尔德林的人
会沦为傻里傻气的小资产阶级

没有电脑的我　是漏网之鱼

不看话剧　　只翻晚报
好久我不曾有过一首颂歌
而这城市又有什么值得一提
是原始洞穴般一模一样的房间
还是呆在里面一尘不染的白痴
喂　收破烂的老头　人头你要吗

顾城说　　诗人是拴在木桩上的马
蒂里希说　　不动则远离上帝
而无数细小的琐事　每时每刻
都在把我挫败　你瞧
我非但没有拧上一个灯泡
反而同椅子一起砸倒在地
显然我并不擅长此类粗活
造物主对我另有任用

1997 | 10

雨天和蛇

家庭作业

忧郁的人长着山羊胡子
乐天派则有薄得透明的耳朵
每天早上在楼上看士兵操练
我是个秘密的司令

其实我懂得什么岁月、人和生活
我又没在洗浴广场给谁搓过背
也不认识一个饭馆跑堂的

最好的写作地址是妓院
福克纳宣布　马尔克斯同意
我毫无发言权

隔壁传来惨叫
我安心睡觉　无人打扰
囚徒的一天是幸福的一天

远处有三个民工干得正欢
如果我称他们是雨中舞蹈者

那我就太傲慢了

没有一个亲王给我薪水
也没有一个公爵夫人要我安慰
中国　我到哪里才能
治好我的神经官能症

为了表达我的心情
满天的乌云还远远不够
请再来点地震、台风和雷霆

在深夜拧亮台灯　别误会
我只是擦点风油精

愉快　写下这个词
我也就真的愉快了

2000 | 08

兰州

这是一座工人的城
师傅是所有人的尊称
这是一座山里的城　乌云压顶
它挡住了我的视线
却升高了我的血压　我不能激动

银河证券交易厅斜对面
是玉佛寺　再过一个路口
就是静宁路小学　每天下午
我来接女儿　经过市政厅
寒风里　持枪的哨兵挂着鼻涕
听说他的枪里没有子弹　很有可能
但我知道这一点　又有何用

在东方红广场　一个算命老头向我道贺
哎呀　你肯定要飞黄腾达
而在过街地道　一位化缘的妇女
则提醒我注意捣乱的小人
我赏了前者一块　奖了后者八毛

然后回家　紧闭房门
在钢精锅里炖着白菜
在茶叶水里煮着鸡蛋
并把肖邦放来听听

黄河的上游有座中山桥
想不通的时候可以往下跳
黄河被称为母亲河
那你不过是回到了母亲的怀抱

2001 | 08

验明正身

年近不惑的人　看上去
还行进在迷惘的旅程
这会儿他跟着一群小年轻
进入一个挂着厚窗帘的房间
脱掉衣服　皮鞋和袜子
只穿着内裤　来到粗糙的地毯
弯腰　踢腿　左右扭动
好像已经这样操练了一生
瞧着镜子里自己的那副德行
我他妈是否有病　NO
我只是一名循规蹈矩的老童生
有趣的试验继续进行
对着虚空转动眼珠　闻醋
闻酒精　接着是量胸围　过秤
最后一个歪嘴的妇女在纸上
盖上红印　证明
这个笨拙的胖子　符合规定

2001 | 09

青藏高原

大地如圆盘
天空如墙壁
大海之上三千公尺
我的腿开始发软

世界屋脊
高处不胜寒
何似在人间
与古人所见略同
我只爬过一半
头发已乱　方寸更乱
风把我撒的尿吹弯

这是我所不能了解的事
这里米饭不熟　开水温吞
景物清晰　天色忽明忽暗
而羊粪间　野花绽放
而紧贴着云朵　老鹰盘旋
当年的流放者　这一切

是否也令你安慰　这地方
是否也是一座大修道院

我的心脏一阵抽搐
我的肺叶　要求更多的氧气
天地有大美　小子囊中羞涩
面对青藏高原　我尚没有
与之匹配的语言

2003 | 08

兰州之夜,有朋自远方来

白塔在我们头顶
岁月镀上的颜色　无法形容
黄河在夜色里消隐
等我们安静　水声行进
隔着这道河流
尘世间万家灯火
寺院里一派昏暝
我们刚好把这一切俯瞰
而星空在上　又把我们俯瞰
好久不见　我们有许多话要说
而晚风吹拂　空气湿润
泥土　青草　蚊蝇　更多的种种
也在显示各自的生命
不时　钟声响起
难以模仿的低音
是对我们深表赞同
抑或　是示意我们停顿
于是　我们也就停顿了

2003 | 08

又到合作

上气不接下气　高原无恙
是我自己上了年纪
我受命来给一群干部上课
我念得结结巴巴　他们发现
古文和外语都差球不多
实际上于我而言　也是如此

和其他地方一样　这里的变化
可以说很大　也可以说几乎没有
破败的房子　好多都刷上了"拆"字
但看上去　一时半会儿
也还很难拆掉　我在人大招待所的
台阶上　刮掉皮鞋上的泥巴

送走朋友我就感冒了　已是子夜
下着小雨　药房紧锁
大街上路灯暗淡　空无一人
我敲开一家杂货店的门
一个藏族姑娘拿出她剩下的半包药

"你把这个吃了。"我要付钱
她说:"病好了就行了。"

接下来我就来到了广场
已经不止一人向我提到过它
此刻这儿只有几个喇嘛在玩着单杠
我对宗教　知之甚少
他们置身其间　想必深谙奥秘
现在我们的手都紧握着冰凉的铁管
相对这个小城来说　这个广场的确
真够大的　但它未必就大得过
今夜我的孤独

2004 | 09

朝霞

河西走廊　天亮得很晚
在奔驰的列车上
我拉开窗帘　接近早晨八点
祁连山脉　凝固的马群
就站在不远　在它后面
天色发红　炼钢炉里火的颜色
那是朝霞　久已不见的朝霞
像我永别了的青春一样灿烂
掩饰着莫名的激动　摸出手绢
我擦试自己的眼镜片

2004 | 12

兰州

兰州　高原上灰蒙蒙的城
原以为只是临时客居
谁料一呆就是二十年
我开了存折　办了户口
很多事物都改变了
但是我的心没变　也不想变
我曾在白塔下凭栏远眺
也曾坐羊皮筏在黄河上漂游
可是还有许多隐秘的小巷
我至今也不曾涉足
我的学生里有一个公安局的
他答应送我的匕首终于没办
有天晚上酒桌上有人唱起藏歌
我觉得不错　于是也欣然朗诵
后来朋友介绍此人就是
本地黑道的老大　大名鼎鼎
真是有点失敬　当然话说回来
我不是鲁迅　他也不是杜月笙

2006 | 06

自娱自乐

我要指挥我的桌子椅子抬起腿来
在我的斗室来一场急行军

我要让我的小柜子钻进大柜子
而大柜子也放假躺倒睡上一觉

我要遣返我的全部书籍回到印刷厂
腾开地方供我练瑜伽的倒立

我对它们吹一口气　说　变
它们纹丝不动　但露出了笑容

2006 | 06

冥想

躺在草席上　摇着芭蕉扇
肉体停着　我的灵魂想要飞翔

一只蚂蚁爬上我的膝盖
我的手一挡　它就改变了方向

狗卧在墙角　吐出它的舌头
男子耷拉着他的老二

夏天才得以细看自己腹部的平原
相见恨晚啊　我只能说有趣得紧

泰戈尔在大树下办的世界大学
凉风习习　共有三人

时间漫长得过分
古代的刽子手去挠死刑犯的脚心

就像托马斯·阿奎那证明

上帝必然存在　那我必然不存在

广大的银河在我们头顶巡游
我怎么一点也不吃惊

一阵轻风从我的腋下钻过
我的肚子轻叫了一声

2006 | 06

早晨

卷心菜　黄瓜　土豆　西红柿
穿过不同的田野来到这里
抖落掉满身上的泥土
在盘子里列队把我欢迎
我则要把它们统统干掉　一个不剩

捍卫人权　我的每一根汗毛
都神圣不可侵犯　当然我自己除外
有了我的出生　世界就不太一样
今天的太阳　为了我　还有你
还有好人坏人　麻雀老鼠　而冉冉上升

感恩的诗句涌向心头　就让它留在心头
因为一旦表露　含义就有所不同
我不止是宇宙间的一粒微尘
只有在此刻我才敢自称为万物之灵
我的道德和灿烂星空遥相辉映

2006 | 06

挨揍

要么是酒后我把自个儿
错当成了尼采
要么就是这些小流氓
缺少一点幽默感
我能记得的是我已经
掉进了水沟　抱住脑袋
他们还在挥舞着皮带
我能感觉到皮带上的铁掌
还算客气　他们没用军挎里的板砖
等这帮家伙走远　我抬手检点伤口
在鲜血流出来之前
我看见自己白色的骨头

2006 | 06

童年

童年冬天的夜晚多么寂寞
父母亲照例在遥远的单位开会
等待中他开始想象他们的归程
那恐怕是他最早的文学经历

从小他就不是个乐观的人
在白天他的担心何其荒谬
石子铺就的马路平坦宽阔
谁的自行车也不会偏离路线

但夜晚他还是忍不住要想　下雪了
路肯定很滑　会不会　万一　万一
他们就从河堤掉进冰冷的河中
他顿时陷入无边的绝望和恐惧

奇怪的是他居然还能迷糊过去
终于朦胧中他感到父母亲回来了
轻轻地　并不知道他们这是凯旋
他假装睡熟　默默咽下眼里的泪水

2008 | 03

西北腹地纪行

长途班车在暮色中缓缓行进
只有黄土和石头　不多的植物
不见房屋　也没有动物走动

车行沙漠　时间长了会出现错觉
那就叫海市蜃楼　还真有啊
他再定睛一看　又全没了踪影

他奇怪居然有这样荒无人烟的地方
也还有着人烟
都有些不太真实了

早晨有风　也有晨练跑步的人
也有背书包　穿校服的学生
汽车自行车马车从身边经过
一个主任把他领到饭馆
问他喝酒不喝　他赶紧摆手
不喝不喝　那人说我只好自己喝了
他连忙点头　你喝你喝

峡谷里的水电站　两山之间
唯有黄河在喧响　在一座吊桥上
他用打火机点着了香烟　他想
这儿的人大概很寂寞吧
但　真能比他更寂寞吗

风沙里的城市　他被当作了贵宾
手执酒杯　在场的人依次向他致敬
尽管翻过点普鲁斯特　他还是
弄不懂这些酒桌上的外交辞令
咽下一大口白酒　顿时热泪盈眶
声音哽咽了　我　我忘不了你们
这些杂种　他在心里补充说

2008 | 06

雨天和蛇

八九岁时就见过一点世面
在假期一个大雨的午后
他的同学　一个医生的儿子
请他欣赏医学书上可怕的照片

另一个礼拜天他目睹了杀鸡
行刑者动作熟练　刀子锋利
他注意到　隔了一会儿　窗台上
碗装的鸡血已经变黑

那本小说似乎涉及某种秘密
可惜含糊其辞　语焉不详
没有关系　他在脑子里想象
并补充了全部的细节

一个夏天的晚上他正在洗脸
后脑勺突然感到莫名的寒光
扭头一看　报纸糊的顶棚上
一个窟窿里　果然　一条蛇
正伸出头来凝视着他

2008 | 07

幻象和幽灵

黄昏时分　出现了日全食
他借一个小孩　熏黑的玻璃片
目睹了暗红色的月牙形残阳

过了一会儿　月亮升起了
他自己也投下了阴影
证实他还并非一个幽灵

看来但丁游历的地狱并非真的
地狱　真正的地狱不像是出差
进去了就别想回来

渊博的僧肇和尚论证说　世界
是个幻象不假　但作为幻象
毕竟　它还是存在的

像猫的女友有通灵术　她悄声提醒
后面有人　他打个寒战　一回头
围墙外一个熟悉的人影正夺路而逃

另一次是在苏杭运河的船上
她又指点他看头顶的天窗
刚一凑近　另一个脑袋也过来了

噢　他差点魂飞魄散　隔着玻璃
月光下　偷窥者的胡子
几乎都历历可数

2008 | 08

阴天和腊肉

窗外灰蒙蒙的　以为下雨了
却并没有　只是阴天
令人忧郁　当然他本来
也就是忧郁的

凝视着天花板　和往常一样
他什么也没有看到
老头子也是会撒娇的
他早就知道

在他自己的家里　别的人
正在给他劝酒　不要客气呀
没有什么好谈的　他们抽着烟
似乎在暗自较量　谁先受不了沉默

这位四川的老农民　翻过
还在摇晃的山脉　从废墟中
取回自己的腊肉　他吃过的
于是作证说　这是值得的

他注意到　很多同行的修辞
照他们说来　死者都上了天堂
有意思的是　他们自己却
并不急着往那个好地方去

愤怒的青年　大概是
内分泌的问题　解决得不太好
尽管所见略同　但他也没敢忘了
鲁迅的警告　不要谬托知己

也不抱多少希望　他希望
这个世界　大致能保持原样
开什么玩笑　刚写下这句话
大楼就突然变得摇摇晃晃

2008 | 08

2009年

上课的时候　突然响起了雷声
他没有停下来　不久就下雨了

生活在继续　是的　但是
有些东西永远停在那儿了

他一直回避着　绕开那座医院
但他绕不开自己的回忆

白鹿原上　霸陵附近
他的父亲　长睡不醒
松柏历历　没有风

一个人消失了　腾出空位
尽管还有六十亿人　但世界
变空了　空了　无比空旷

在梦中　父亲生气地否认
自己是个病人　他很好

应该很快就能出院

他惊醒过来　原来是返家途中
眼泪还在脸上　刚才
是热的　现在已经凉了

这种时候　他几乎条件反射式地
会想到　至少　父亲不用再忍受
这个炎热的夏天了

黑暗中　他看着窗帘上闪烁的
灯火　列车正呼啸着穿过
辽阔的中原大地

2010 | 12

父亲

当时他住在西安奶奶的家里
送出差的父亲走到公交车站
夜色中父子俩并肩而行
一言不发　风中树叶在轻轻晃动
父亲本来就是沉默的人　但没忘了
上车前给他的手里塞了一点零钱

他模仿《水浒传》写的诗被父亲看到
大概父亲告诉了办公室的同事
后来那位前右派工程师就老开玩笑叫他
"英雄"　那是他诗里的一句
好像他写的是　"英雄何时能出头"云云

有个晚上父亲出门前给他一张字条
上面写着　闹钟后　而闹钟后又是
另一张字条　就这样他依次找了抽屉里
床垫下　柜子　收音机上　满头大汗
最后在门后的书包　找到了电火手枪
噢　恰好是他梦想的礼物

2010 | 12

母亲

母亲有一次失口叫了他的昵称
他暗自吃惊　没有答应
他心里有数　在这群阿姨当中
母亲当然是最好看和最聪明的一个

一辈子没睡过懒觉　每天坚持运动
星期天他们俩戴着纸帽子用石灰刷墙
父亲几天后才发现　咦　墙怎么白了

在北方居住了大半辈子　还是不明白
饺子有什么好吃　要吃面就吃面
吃菜就吃菜　为什么要包在一起呢

她居然羡慕起儿子那可怜的厨艺
嘿、他说　这不都从你那儿来的嘛
她总是把"佛"念成"福"字
他私下以为　这不仅是口音的问题

他的朋友都知道　晚上的聚会

他肯定要早退的　不然她会一直等着
睡不着　不放心　父亲开玩笑说　好像
有谁还稀罕她的老儿子似的

2010 | 12

姐姐

做饭时姐姐给他教了几首外国歌曲
她知道得真多　有一次她宣称
她正在削的梨居然也分公的和母的
但在路上相遇　他们跟同学一起
都互不搭理　好像并不相识

姐姐插队的时候爸妈都没来送行
一来是忙　二来他们大概也不习惯
当众表露自己的感情　只有他挤在人堆里
看她跟着队伍上了汽车　好在地方不算远
下一周她们就回家了　需要蚊香　手套等等

姐姐上班以后有个傍晚他去给她送雨伞
那时他已高过了姐姐　他们一边回家
一边议论昨晚的电影　她的见解令他惊讶
哦　原来工作了的人就是不一样啊

1984年姐姐从江南旅行结婚回来
没忘了带给他一本艾青的诗集
他至今保存在自己的书架

2010 | 12

妹妹

读研究生时他常去妹妹的学院蹭饭
他们隔得不远　那也是父母亲的母校
他也认识了她们宿舍的几个女孩
都是南方人　都挺爱笑的

有一回陪妈妈和姐姐逛商店
时间太长　她竟然给气哭了
另一次在火车上　他上厕所去了
别人问妹妹　刚那人是不是她的父亲

那个夏天的风波终于平定
天真的姑父正对着电视新闻欢呼
她愤然起身　砰的一声摔上了门
而他还留在屋子里　一声不吭

兄妹总免不了玩笑　偶尔他假冒
别人的声音　给她单位去个电话
总是立刻被识破了　作为博览的闲人
他会给她　推荐两本侦探小说什么的

2010 | 12

| 与天真的人擦肩而过 |

外省记

在烟台火车站旁边
离开车还有两个小时了
他抓紧看了一场武打电影

玄武湖公园的午后长椅
脸上放着博尔赫斯的小说
他睡着了　梦见老虎

虎跑寺　他正喝着龙井
一个瘦子掏出工作证　我是
茶厂的　上夜班的时候
偷了点好茶　便宜卖给你
他正色道　这恐怕不好吧
对方讪讪地　这有什么呢

"沈阳啊沈阳　我的故乡"
陌生而又熟悉的地方
可能因为他也来自大工厂
也可能是在公共车里

售票员说　同志们　请先下后上

而这里是华北的小县城
手扶拖拉机突突驶过
饭菜的味道很咸　大概
他们要干很重的活儿吧

在珠江岸边的铁桥附近
他则要了一碗咖喱炒饭
这儿跟印度有什么关系
他可还真的不知道

2011 | 01

回家记

仍然像过去一样　他翻着书
而年迈的母亲忙碌着
倒不是他　不想帮把手
他理解母亲　并尊重她的习惯
爱和劳动的感觉是幸福的

偶然见到父亲　遗留的笔记
依然遒劲　但略带颤抖的字迹
其中有"小欣接站
梦云展示厨艺"等句子
才多久啊　真是温暖又伤感

最笨拙的工匠　他把
螺丝上反了　这还不算
洗碗的时候　他居然
把碗掰裂了　他的劲太大

一小碟四川泡菜　一小碗
醪糟汤圆　家里的味道

让人安心　黄昏他们散步
走得缓慢　每天总是沿着
熟悉的　同样的道路

2011 | 02

认识记

如果以后需要纪念
那难忘的历史时刻正是
这个瞬间　她微笑着面对他
略带羞涩　道出自己的芳名

乘着夜色　几乎是一口气
他骑车来到黄河岸边的
中山铁桥　想让四月的春风
吹凉他年轻滚烫的胸膛

月光下他默念着她的名字
她的名字也这样好听
古老的河流里波涛翻滚
她正是他　命中注定的爱人

2011 | 02

母亲和雪

母亲的名字是映雪
出自一则读书的典故
小时候算命的说　此地无雪
这孩子以后　怕要去北方的
果然　母亲二十岁就奔赴
西北中国　啊　现在的重庆
也终于开始下雪了
可她也快八十岁了

天气预报说要有雪
母亲夜间竟起床　专门
到窗前　观察了好几次
可惜　还并没有下来
但总会下的吧　说来她对雪
可能还是真的喜欢　可能
跟她的名字　也有一点关联

2011 | 02

雨中记

她剥好一个橘子递给他
他们的手碰了一下又分开了
像是太极里的什么招式
老天也在帮助他下雨了
他们不得不走得很近
但雨太大她的伞又太小
他只好紧紧搂住她的肩膀
在车里他握住了她的手
她的手那么小又那么软
他感到了她手心渗出的汗珠
她想缩回去但他攥得很紧
那她就任凭他握着有那么一个
瞬间甚至她也使劲回握了他
这是真的抑或只是他的幻觉
难道还有必要去弄清楚吗

2011 | 02

遥想未来的诗人研究

"多么怀念啊　咱们一起
度过的甜蜜时光　虽然
咱们并没有见过面
但谁又能够否认
那时光的甜蜜呢"

对方不太礼貌　他至今
没有收到回信　并不意外
因为他的信也并没有
发出　而且　他的信
根本还没有写呢

如果　他的那点歪诗居然
比他的命还要长久　没准儿
若干年后　某个书呆子
会据此拼凑　他的生平

但这小子很可能　会陷入
他精心布置的陷阱　要知道

像老练的间谍　所有变成
文字的　那些事迹多半经过

虚构和变形　隐蔽的记号
只有他本人　可以辨认
这种劳动的补偿是　唯有
里面的情感是真实的

2011 | 04

批斗大会

多半是在某个晚上　灯火通明的
礼堂里　群众比看电影的人还多
的确　这比虚构的活动更让人震惊
坏分子被带了上来　低着头　垂着手
（今夜的　唯一的　绝望的主人公
紧盯着地面　好像地下藏着他的命运）
照例有人揭发或控诉　口沫横飞
伴随着尖利的"打倒"的喊声
他当时奇怪的是　目不识丁的
老工人　居然满口　是连他
都搞不懂的什么"两性关系"
等到保卫处长上台　后排的
人们纷纷站起来　高潮到了
全副武装的几个民兵
迅速而熟练　把该人五花大绑
（是排练过的吗　非常可能）
像是杂技表演　而这个坏人
仍旧低着脑袋　只是瞬间就
变矮了　弯曲了　如同一只虾米

啊　他们的同类是可以被弄成
这样子的　最后几乎是　被人拖了
出去　今夜这家伙会在哪儿
睡觉呢　并且　还能睡得着吗
他暗自思忖　同时　想不通的是
整个过程中　场面极其安静

2011 | 05

教书记

在教室外面的排椅上
一个小子给他敬了支香烟
也许这算一种荣誉　但他
犹豫了一下　还是拒绝了

欢乐的年轻人　看样子
他们的力比多都得到了
释放　白费力气呀　这些家伙
像是来自他妈的外星球

女学生羞涩地询问"你妻子"
关于这个词　她们还知之甚少
大概总是看了不少书吧
她们多半都戴着眼镜

背诵的时候　他卡壳了
趁喝水的机会含糊过去
像通常那样　又念错几个字
也懒得再纠正了

按照古人的教导　不但要
节省自己的精液　甚至
都不能浪费自己的口水
而对世界　他也确实没有多少
新的意见要发表

2013 | 03

幻象记

多年以前想不到
多年以后　他们会抵达
同一张饭桌　终于碰响了酒杯

说不清是欣慰还是略感
失落　来自缅甸还是云南的
玉环　套住了她的手腕

她客气地给他倒茶　一弯腰
他偶然瞥见她的乳房
好像是远处的雪山

他嗫嚅出半句　你好
而她只回报以
淡淡的一笑

这就是他追求多年的
女人　稍晚宣布说　他爱的
并不是她　而只是　一个幻象

哦　这样的呀　幸亏他的表情
对方无法看见　但这样
就证明他是一个傻瓜吗

2013 | 04

春游记

空中飘着白絮　弄不清
这是什么树木的分泌物
透过蜻蜓的翅膀
能看到天空的云朵
外面已经很热
屋子里还是挺凉
念不出植物的名字
却一直在草地徘徊
山中的春天如期而至
潭柘寺的玉兰花开了
他捡起一瓣儿朱砂红的
夹进《唐诗选》里　想起
恋爱中的歌德　暗自计算着
自己和情人年纪的差距
这说明不了什么　但它确实
就在那儿　无法否定

2013 | 04

居家记

枕着自己的双手
仰望着天花板及其背后
肚子带着韵律起伏着
这并非出自他的旨意

和福楼拜差不多
整整一天　他对着电脑
最后打出了两行字
晚上又删掉了

夏日假期　独自在家
一丝不挂　这就是自由吗
瞥了一眼镜子　里面那人
他认识　但也算不上熟朋友

午觉梦里居然去埃及
配了副近视眼镜
此中有何深意　想不明白
特此记下来留念

2013 | 07

耳聋记

清晨的医院　汹涌的人群
这儿是要开运动会吗
夏天鲜艳的花朵　此刻
在绿叶的衬托下　灼灼开放

被带进密室　戴上了耳机
暗自得意　一些细小的声音
被他捕捉到了　但检测员向他
宣布　他的听力已经受损

耳聋　这可能吗　他倒真认识
几位耳聋的诗人　难道
现在轮到他了吗

治疗室　像一次政治学习
他们围坐在沙发上　每个人的
头顶　都悬挂着输液器

托尔斯泰伯爵说得有理

幸福相差无多　可是
痛苦却有许多形式

要命的是　这根本无法形容
像是孙悟空被念了紧箍咒
哦　世上居然有这样的疼痛

这里唯一的巧合是
从前因为软弱和愚蠢
小伙伴们曾送他外号叫唐僧

2013 | 07

晕眩记

晕眩　以前他多次写过这个词
但直到今天　才真正体会到了
同时来的还有　恐惧

头脑里居然刮起了风暴
他躺下　却又像荡秋千似的
从某个高处迅速滑下

这是崭新的感觉　但它到来了
这就意味着　他会慢慢熟悉它
并且接受它吗

迎着朝阳　大步行走在
护城河畔的公园　原来有
那么多的人　已经出发了

背负着血压监测器　在地铁上
他获得了礼貌的注视
但没有获得让座

候诊室里　他和一群老人
并肩坐着　别的事情他都迟到
这回却赶了个大早

医生叮嘱说　不要激动
他答应了　但是一个人
只要　不是一株植物
又怎么可能不激动呢
何况　事情又是如此令人激动

2013 | 07

感动的方式

要是美国人约翰进入到
位于北京市近郊的这个房间
也许会吓个半死　他　诗人
患有耳疾　伙同几个老头
都光着上身　分别躺在床上
他们的胸前　手臂　耳朵周边
还有脚腕上面　扎满银针
这不是恐怖电影里的场景
而穿白大褂的年轻人
也并非凶手　此人正像绣花似的
捻动着小细针　多么神奇啊
就有电流　从身体里流过
请你感觉吧　一阵酥麻
和刺痛　忍不住哎哟一声
几乎要惊跳起来　大夫按住他
安慰说　好了　这就要好了

2013 | 11

被约谈的副教授

这并不是陌生的感觉
多年以前　当警察攥住
他的手腕时　他的心脏
也这么抽搐了一下

"监控录像显示　你出门
看了看　又去了一趟厕所
然后　在二十一点十六分
提前九分钟　离开了教室"

他沉默着听完
然后　沙哑着声音
问道　就是这些吗

这是徒劳的　他知道
甚至　他都替对方想好了
回答　怎么　这还不够吗

2014 | 05

东单公园

利用北京病人特有的
漫长的等待时间
他造访了　在医院
侧面的东单公园
爬上小山坡　早上
那儿还没有几个人
他边走　边甩手做着运动
转过弯去　却把假山后
一个不知在捣鼓什么的
家伙　吓了一大跳

2014 | 07

冬天的河

认识他的人　要是看见他
出现在北京以北的这片
田野　可能会有点奇怪的
但是原因　他并不想透露

星期天的上午　沿着汽车
飞驰的马路　他打听温榆河
没人知道　他修改为河边
人们告诉他　就在前面不远

说是不远　可也不近　走了一小时
终于到了　但河水已经结冰
其实　这河叫温榆河　潮白河
甚至永定河　都无所谓

那他就站在河岸　吹着风
也就一小会儿　又踏上归程
回去的路变得很漫长
他只好拦了一辆出租车

2015 | 01

祖国

一个山东人和一个陕西人
是我的祖父和祖母
而一个西安人和一个重庆人
是我的父亲和母亲

我自己娶了一个天津人和
一个南京人所生的女儿
而我们俩的女儿　生于兰州
在北京读完中学

又去了成都　上大学　至于
以后　她的丈夫将来自
何方　孩子在哪儿出生
现在　我还一点都不知道

2015 | 03

春天里　那百花开

他匆匆吃完计有半个苹果
一块红薯　一枚鸡蛋　一瓣馒头
还有一碗稀饭的早餐　就赶紧
出发了　公交车很挤　天晴　无风
但略有雾霾　九点半　他已抵达
办公室　泡上绿茶　打开电脑
准备参加应聘者的面试　其他
院长　副院长　教授　副教授
还有助理教授　也都已就位
差几分十点的时候　秘书过来
通知说　那个年轻人　毕业于
曲阜师大　武汉大学　北京大学
现注册在　中国人民大学
文学院的　博士后　三十四岁
男性　姓名姑且隐去的家伙
刚才来短信说　因为感冒
今天　就不来了

2015 | 03

学生们的头发

借着监考　他巡视了教室
一共六十七个脑袋，女生
或者披散着　或者扎起来
全是长发　无一例外
而男生　要么小分头
要么时兴的莫希干式
全是短发　无一例外
当然　这并不等于
他就差不多　也知道了
这些头发下面的思想
本来也想检查一下鞋子的
但那还得折腰　就算了

2015 | 06

挖土豆的少年

这根藤下面想必有些名堂
果然　他挖出来两颗土豆
挺乐的　但不能就此罢休
接着从旁边　又挖出一颗　嘿嘿
也还没有完　继续往下　找到了
哈哈　最大的家伙　原来藏在
这儿呢　沉甸甸的　你好土豆
你真该感谢我　不然　谁会知道
你悄悄长了　这么大的个头呢
反过来　他也老有个愿望　但从未
付诸实施　就是往土里面埋东西
随便什么吧　肯定有意思
他想送给　另一个不认识的人
一点儿小小的惊喜

2015 | 08

香港

在维多利亚海岸　深蓝色的
海浪后面　他正在默默地
眺望着　对面的太平山
却被一位　传教的女士
缠住了　在如同外交官一样
友好的谈话中　他接受了
两本小册子　同时也客气地
纠正了　她的几处小错
对方问你是大学毕业吗
他回答我就是教大学的
怪不得　原来是教书先生哦
那么你是不会信教的喽

2015 | 07

凤凰涅槃

早晨他从护城河边的树下
经过　总可以看到　这样
固定的场景　很多人在一起
拍着双手　嘴里念念有词
"超常能量　就在身旁
气血通畅　经脉通畅　全身通畅
通畅　通畅　通畅"　这很像
郭沫若诗歌　《凤凰涅槃》的
尾声　"欢唱在欢唱
欢唱　欢唱　欢唱"　那儿似乎
可用贝多芬第九交响曲
最后的《欢乐颂》伴奏　而这些
北京人　自己"噢——噢——"几声
就算结束了

2015 | 10

与天真的人擦肩而过

哦　这样的呀
她瞪大了眼睛
甚至张大了嘴
她真的有这么傻吗

身为教师　还真难判断
她的语文　究竟算是好
还是不好　她的信里
有太多的省略号

她邀请他同去图书馆
这里面还有别的意思吗
可是他既没有前去赴约
也没做任何答复

知道她再不会来信
但他每周还是照例
打开空空的信箱
以确认奇迹没有发生

2015 | 12

| 穿制服的少女 |

养老院里的客人

命运女神有时也喜欢
开玩笑的安排　既然没有
招待所　来参加比赛的
他和学生们只好住进了
此间的一家养老院
也不错　提前体验一下
未来　还不算贵　像某个
宾馆　也确实跟住宾馆
差不多　虽然几乎没有
什么服务　倒是安静
暖气烧得很热
就是伙食挺清淡的
不知是不是这个原因
结果他们的战绩
排在了最后一名

2016 | 01

穿制服的少女

虽然并没有受到邀请
但他偶尔也得上这儿来
跟城堡里的人　告个状之类的
他的杂志上　老是有黑的指纹
或出现莫名的折痕　他声称
在他持续多年的订阅史上
从未有过　甚至　他强调说
即使以前在西北　也不曾
碰到　好啊　他居然斗胆
找茬到伟大的首都来了
这次国家的代表是
一位穿着制服　可爱的少女
微笑着听完他的申诉
然后赠给他三个字
您真逗

2016 | 01

数学大国

毕达哥拉斯肯定会高兴
世界由数字构成　让我坐在
这个文明古国　路边的长椅上
采撷行人飘过来的语言吧
一妇女　那个呀　得六万七
一汉子　我×　一千八百九十万呐
一姑娘　挺便宜的　六十六块八
一小伙　××的　他那个还不到五千
一少女　就差一点儿　一米七三
一看不清面目者　八千二　没油水呀
一小孩　还行吧　我九十四
另一小孩　噢　我九十六
一老太　哎呀　听说判了十五年呢

2016 | 04

给收垃圾的人的礼物

帮老师搬家　在门口
一大堆要处理的废品中间
他发现了自己的著作
《幻象与真实》　呵呵
人生的无数个没想到
又添上了最新的一个
何谓幻象　何谓真实
教授又给他上了一课
说不定　收垃圾的人
也比他懂得更多　既然
人有人的命　书当然
也有书的归宿　继续
说着话　手也没停
他只是用其他的书
把自己的压到下面
更不被注意的角落

2016 | 05

领受赐福的人们

蓝蓝的天上飘着白云　在草原
一列捧着哈达的长队　都是
虔诚的藏民　间或也有几个汉人
好事不容错过　本是过路的
游客　他也立即加入进来
原来是活佛驾到　小汽车刚好
停在红地毯旁边　车门打开
但大师并未下车　而是就坐在
副驾驶座位上　亲切地依次
为信众摸顶　有的牧人和妇女
甚至幸福得哭了起来　终于
轮到他了　他还没来得及低头
但活佛就是活佛　看了他一眼
伸出手来　他不由也伸出手
大师轻轻碰了他一下　他就
怔怔地走过去了

2016 | 07

北平的春天

西北风卷起了漫天沙土
历史学教授钱穆　坐上
西直门出发的人力车
前往海淀　他一边裹紧
围巾　一边感叹　好爽啊
当然　拉车的骆驼祥子
多半不会同意　但他
什么话也没有说

2016 | 07

新年的前一天

上午先去学校　开了个会
介绍网络教育的　有点像
传销组织活动　他早退了
再去图书馆　还了五本书
又借了七本　中午的餐厅
因为日子特殊　多发了
一根香蕉　下午是监考
他坐在后排　一直在翻
奈保尔的小说《河湾》
回家的公交车上　旁边
坐一个傻瓜　问他去过
尼泊尔没有　他摇头　转脸
向着窗外　妻子还在加班
他独自喝着稀饭　在电视里的
音乐会伴奏下　他洗了个澡
刮了胡子　拖地　擦桌子
还特意把　垃圾扔到了外面
都和去年一样　但他又出门
多进行了一个项目　理发

2016 | 07

野草的价钱

当年他算不上得意的弟子
但不知道为什么　毕业后
导师倒喜欢找他聊天
电话里　八十多岁的女教授
向他抱怨　写了三年多
鲁迅《野草》解读的新著
出版社刚才寄来了稿费
一共三千大洋　他支吾说
您那算是好的　像我们
还得倒贴才行呢　慑于
老师的余威　他的玩笑
没敢出口　一把野草嘛
那能值几个钱呢
2016 | 09

事还没完　两个月后
他在先生家乡的《野草》
杂志上　一口气发表了
三十多首诗　收到的红包

数字不便透露　但足以改变

他的上述说法　看起来

同是野草　价值也不一样呢

2016 | 11补记

小城里的大师

途经戈壁滩上的一座小城
朋友接风　请到了当地大人物
他总算见到了传说中的教主
倒并没有　想象中的威严
而是略带羞涩　甚至还结巴
原来是位故人　名字叫不上来
却挺脸熟　大学时的一位师弟
过去默默无闻　在这遥远的地方
居然以高原植物命名　创了一门
神秘气功　已经有很多人信奉

2016 | 09

老同学

毕业后他们见过两面
第一次他登上高原　来到
老同学乱糟糟的宿舍
这家伙还在睡觉　枕边
放着一本《存在与时间》
而墙上贴一幅字　上面写着
"坐待血凉"　几年后
他再次光临　这位老兄
已经留起了一部大胡子
只是劝他喝酒　在这里
除了醉和睡　还能干什么呢
过了多年　他出差又来到
这个到处都在盖楼的小城
老朋友已离开了　同事说
他去了深圳　成了小老板

2016 | 09

迟到的审判

现代文学课　他请没有
阅读作品的同学举手
并不意外　有不少　那么
为什么呢　一个女学生
回答说　我觉得鲁迅还有
郭沫若的人品　都不好
哦　这又是　从何说起呢
因为　听说他们都抛弃了
自己原配的妻子

2016 | 09

采购员与香烟

1972年　在一列火车上
有位采购员看见为外宾
准备的临时柜台　他好奇地
打听其中一种香烟的价格
旁边有个外国人笑了一下
大概是猜测他买不起吧
又或许是同情　谁知道呢
这个人的心被深深刺痛了
谁也不能小瞧中国人　不能
他毫不犹豫地掏钱买了一包
用的是相当于他几个月的工资
（正好他带着公款　先挪用了）
但他和他的家庭　接下来的日子
该怎么过呀　他含着泪点着烟
满车厢飘起莫名的香味儿

2017 | 02

老朋友

民国十八年五月二十五日
自沪返平探亲的周树人
在孔德学校翻看旧书时
碰见老朋友钱夏　后者看到
他的名片　笑道原来你还是
用三个字的名片　不用
两个字的　周答我的名片
总是三个字的　没有两个
字的　也没有四个字的
然后就再没有话　这也是
他们最后一次见面　在家书里
周告诉许广平　钱"胖滑有加
唠叨如故"七年以后　钱撰文
悼念周豫才君　又提及此事
"不错我是爱唠叨的　但从前
他似乎并不讨厌　因为我固唠叨
而他亦唠叨也　不知何以到了
民国十八年　他就要讨厌了"

2017 | 02

口头禅

每周例行的越洋通话　父亲
给女儿教了一句　他刚学来的
法国人的口头禅　"塞拉维"
几乎能够用于　所有的感觉
无论当美餐过后　或者考试
不及格　甚至摔了一跤时
都可以一耸肩　随口道出
意思是　这就是生活　女儿
马上讲　那我给你介绍一个
四川人的万能回答　不存在
相当于　没事　以缓慢的拖腔
说出　差不多也能应对一切的
问题　父亲哦了一声　这不是
比笛卡儿还要厉害了嘛
不存在　隔着数万公里
父女俩一起大笑起来

2017 | 03

北京组诗(节选)

1

灿烂的朝霞　升起在金色的北京
一千多万人　从梦中苏醒
离开家门　加入并加剧城市的沸腾
那还在睡觉的　让我向你们致敬
不为别的　因为我也赖在家中
我们的劳动在夜里进行

2

黎明　地铁车站的出口
无数的人流涌出
壮阔的场面
像是暴动的无产阶级
要冲向国王的宫殿
但他们攥着手机　夹着报纸
互不搭讪　一哄而散

4

长安街上　奥迪车从我身边超过
我骑的是永久牌自行车
我没有什么地方急着要去
我甚至没有一个目的地

但卑微无损我的光荣
我的尺度是在天上
而他们必将灰飞烟灭
而我也必将名垂青史

6

无论从哪个方向朝天安门看去
似乎毛泽东主席都在和我对视
别来无恙　伟大领袖还是神采奕奕
而我这个当年的红小兵
也已经到了不惑的年纪
"千万不要忘记阶级斗争"
是的　我还没有忘记

10

淋浴后站在窗前
让夜风把身体吹干

夜半开灯　发现不速之客
一列黑色的队伍　正在地板上疾行
原来这就是让我太太尖叫的
大名鼎鼎的　北京的蟑螂

束手无策　面对这些可怕的家伙
好比面对黑社会啊
我该上哪儿交保护费

11

从阜成门出发　沿着西二环
沿着京开高速路　一路南巡

椿树馆　鸭子桥　白纸坊　菜户营
这些地名本身就已是诗歌

但它们仍然需要诗人的点化

玉泉营　沁人心脾的名字
那儿的家具城则不值一提

新发地　巨大的蔬菜批发市场
我看到摩托　手扶拖拉机
还有三轮车　他们天不亮便已抵达
沿途充满了难闻的气味
不知是什么已经腐烂

西红门以南　城乡结合部
晚霞映红了杂乱小楼房的屋顶
似乎是为了成全我的朋友
河南人徐一峰创作的油画

13

夜色降临　忽然闻到
一股香味　不熟悉的香味
不像少女的　也不像少妇的

有点撩拨的意思
又有点拒绝的意思
不知是来自附近路边的树木
还是来自旁边花园的灌木
无需管它　反正我从未闻到过
那姑且就当它是　北京的味道

14

生性腼腆　也许是过分腼腆了
他给了乞丐一点钱
然后兜了一个大圈
又从另一个方向走过来
再给了乞丐一点钱
难道乞丐也会腼腆吗
要那么细腻他还会做乞丐吗
果然乞丐眼皮也没有抬
完全不曾体会他的苦心
看来这是一个称职的乞丐

16

五星酒店的背后不远
就是狭窄的小胡同
如同乡村的热闹集市
十几省方言　上百种味道
热气腾腾　也杀气腾腾
辽南京　金中都　元大都
明朝　清朝　民国和共和国
情形恐怕都差不多吧
这也挺好　但不是我喜欢的
那种好　我在夜里吹了一声口哨

17

我们在地铁里并肩坐了十分钟
以后就再也没有见过面
他捂着他的腹部
好像中了一颗子弹
有点像我过去的一个朋友
但他不是的　我怅然若失

我把一块石头踢到路边
无论如何　它是一块不朽的石头

18

大雾弥天的六月
闷在小屋写诗
出了一身大汗
也没弄出几行文字

蚊子在我背上留下一个大包
我找不到我的另一只拖鞋

外面建筑工地红火的声音
社会繁荣　让人心烦

我当然尊敬泥瓦匠
但我的这些词句也不好摆弄

24

他们可真喜欢搁酱油
所以他们的面条几乎是黑色的

把受虐视为人生的本质
我想试一下自己的忍耐力

他们看上去都那么高兴
至少是假装高兴　大概是知道
没人爱搭理深沉的人
当然深沉多半也是假装的

26

对我来说　这差不多已是外国
满脸堆笑的领导　其笑容能轻轻撕掉
头发向后梳去的办事员
纯种傻瓜　自我感觉良好

我们属于不同的人种
他们蔑视我正如我蔑视他们
可命运偏要我们在这间办公室相遇
互相寒暄　彼此逢迎

生性木讷　连领带都不会系
无数复杂的规矩把我绊倒

大梦谁先觉　平生我自知
我知道什么呀
草堂春睡足　窗外日迟迟
可是开会时间到
我的午觉被取消了

31

在昏暗的灯光下　被介绍为
来自北京的教授　靠在躺椅上
吸着烟　修脚师傅被要求
小心伺候　这个年轻人正拿小刀

刮着他的脚后跟　并对他慨然许诺
"待会儿你会健步如飞"
可是待会儿他并没有觉得
任何异样　也许是他太迟钝了

32

二十年前的女诗人朋友
今天成功的公司董事长
开了一辆加长的红旗轿车
在一座海鲜城里为他壮行
撇开友情　此举其实有些多余
一来他根本分不清汽车的型号
二来他还是一位俄狄浦斯
倒不是因为他有那么离奇的命运
而是他正处于希腊语的那个意思
脚肿　即痛风　因此禁食海洋动物

34

混到了据说"该枪毙"的年纪
多少也知道了一点自己的斤两
在酒桌上他们还是免不了较量
只不过现在比的是言辞的谦卑
"我不要所谓影响力,那都是假的"
"我不愿任何事物因我而改变"
"我只希望当我离开这个世界
就好像从来没有来过"

42

公共汽车上的阅读　不时被高架桥
巨大的阴影所中断　抬起头来
前后左右　是汽车浩荡的大军
成千上万的人围绕着他
按说他不该孤独　可是他异常孤独
汽车开动了　街边的景物向后退去
有那么一会儿　他对他的烦恼
也颇有些不以为然

43

晚上下课回家　郊外的高速路上
原来有那么多巨大的满载的货车行进
甚至和白天一样拥挤　想起朋友的
名言　真是谁也没闲着呀
过去还不曾领教　夜里工地般的繁忙
但在他所在的456路车厢里　只有他
和一个醉汉　一个戴口罩的（病人？）
再就是沉默的司机　以及中年女售票员

45

北京的秋天越来越美了
不光是高蓝的天空　蓝得炫目
还有逐渐变红的树叶
那种丰富的　微妙变化的颜色
他杰出的画家朋友也调配不出
但他更喜欢的是盘子里
金黄的螃蟹　产自白洋淀
没有菊花黄酒　姜丝米醋即可

的确　思维中止　热泪盈眶
这时候　人生真的值得一过

46

从窗户里看到　三楼的鸽子正在回巢
同时回来的　还有戴绒线帽的一位老大妈
以及她牵着的一只灰色小狗
害怕寂寞　但更害怕尴尬
囚禁在各自的单元房里
(那过去时代的"向阳大院"
那令人闻风丧胆的"小脚侦缉队")
在这个近两千万人口的都市
他日常的社交生活　也无非是
跟开电梯的聊几句天气　再就是
找找卖白菜的和卖苹果的而已

47

小时候的梦想是当放映员
现在部分地实现了　在课堂上

他熟练地放着公文写作的幻灯片
台下的学生们也在忙着他们的事
有的发呆　有的说话　有的嗑瓜子
安静的是后排的两个小伙子
他们已经睡着了　看起来为了
不失业　他还得学着做一个逗哏的

49

冬日清冷的午后　漫步在法源寺
牛街附近　闹中取静　已逾千年
香客寥寥　几丛菊花也已接近凋零
欧阳修说的　庭院深深深几许
反正比想象的要大　大得多
这不是那种　他经常关照的地方
但每次都在里面溜达　都怪舒服的
这个感觉　当然没法告诉同行的
老师　同学　甚至最近的亲人
开句玩笑　"我的心事你永远不懂"

55

华灯初上　夜晚的城市闪亮登场
夜晚的城几乎是另一个城
就像一个人　换了装扮
也就变成另一个人　可惜啊
无心理会　也无暇观赏
人们埋着头　走在或者停在
回家的漫漫长路上

对面高楼的窗户依次亮起灯光
但窗帘随即挡住了内部的景象

站在厨房的水池前刷锅
要是从前他可能会大声嚷嚷
我降生于世可不是为了干这个的
现在他承认　看起来显然
这确实是他使命的一部分

60

到底是京城里的出租车司机
他关心的很多　知道的也不少
小时候常说的　胸怀祖国
放眼世界　搁他身上正好合适
如果不只是过过嘴瘾
大国公民大概理应如此吧
都不清楚　无法附和　却又
不好意思保持沉默　只好问他
生意如何　又一句精彩的台词
"他妈的　也就混碗粥喝"

64

久别重逢只能打打哈哈
因为现实真的太残酷了
谁大概都模糊地意识到
但没有一个人斗胆说出

他们在碰杯　他们在跳舞
除此之外　还有什么别的
能够让大家熬过这段时间

多少知道一点人性
他笑了笑　不作评论
内心的计分簿却毫不留情

也许是诗歌保住了他脸上
最后一点光辉　他不禁有点骄傲

虽然夜色迷茫　但肯定
星空在上　他知道　他确信
确实有渺小这回事
也确实有伟大这回事

65

"贫穷而听着风声也是好的"
这话不错　可这儿的风也太大了

门和窗子一片乱响　他知道上天
是发怒了　但他听不懂老先生的话

他又何尝不想弄几个钱呢
可是这种事情　谈何容易

在遥远的花园并没有
埋着财宝　也没有一句咒语
能让银行的金库为他洞开

其实他并不需要太多钞票
当然再多的钞票他也能花掉

结果　百万富翁也没有多难当的
现在他也是了　只不过是借的钱

66

妻子在同卖房子的掮客据理力争
他则站在旁边　一言不发
事实上他的大脑一片空白

难道是一种　心理障碍
每逢这样的时刻和现场
他只感觉昏昏欲睡　是在逃避吗

建设银行总部　穿着毛衣的妻子
正忙着别的工作　相关的几个人
都在等待　交易也完全取决于
这位"高级副经理级专员"
娇小的身材　精确的大脑
加上一笔刚柔相济的好字
有点像恋爱时的感觉
他又一次崇拜上了这个女人

原来这么简单　写下那几个
阿拉伯数目字　再签上姓名
像《圣经》里面说的
"事情就这样成了"

69

最后学生们走光了

他关掉灯　锁上门
走过空空的长廊
像是在深夜的医院

没什么可说的了　他想休息了
回到自己的小房间　他躺下
其实有很长时间并未睡着
火车正从不远的地方经过

黑暗中他睁着眼睛　直到
把椅子和桌子的轮廓一一看清
汽笛声里他竟感到了悲壮　随后
他嘲笑自己说　你可真是个傻瓜

70

他平静地侧躺着　但听得见
自己胸膛里卡车发动的声音

剧烈的咳嗽让他惊醒
并几乎跳了起来　他暗自吃惊

疾病居然有如此强大的力量

为什么这些病号　面对医生
都带有犯人般谦卑讨好的神色
身体不适难道就有罪吗

内科那个薄嘴唇的妇女
还没有听完他费力的陈述
就已写好了处方　"到一楼交钱去"

管透视的小伙子问明他的生日
（他不明白这有什么关系　但还是交代了）
然后打发他到隔壁房间　脱到只剩下背心
接着他被要求搂住那冰冷的机器　噢
还没等他意识到此事的荒诞　已经结束了

输液室　布置得类似兵营的地方
眼下密密麻麻坐满了人
每个人的脑袋上方　都挂着药瓶
液体像古老的计时器一样无声嘀嗒
没人吭声　只有几个人比赛似的咳嗽着
像福克纳说的那样　"他们在苦熬"

77

楼下汽车轰鸣　习惯了就听不见
端着一杯淡茶　电扇对准他吹着
大概世界上只有他本人知道
今天是他的生日　附近有算卦的没有

恐怕只有自己纪念了　好惨哟
他想写诗　诗却不想让他写

板凳不让扁担放在板凳上
扁担偏要放在板凳上　正午时分
他终于敲开了三个坚硬的核桃

这好像正是他的天职　多年以后
他已明白　永存的是诗歌
诗人只是诗歌的工具

而对于他的写作　他的父母早就
发表了权威的　圣伯夫式的评论
无非是几个　狐朋狗友
胡乱编造　互相吹捧而已

呵呵　给予他生命的老两口
还是有些文学眼光的

79

路边有下象棋的　拉胡琴的　踢毽子的
有剃头的　捏肩膀的　甚至还有
拔火罐的　这简直是民俗博物馆了

他对这些都不熟悉　也没有兴趣
毕竟　他不是爱吹牛的马可·波罗

本地的土著原是牧民
喜欢泡在茶馆里听相声
一个个说起话来跟雅典人似的

他还记得邻居一个苍老的女高音
就好这一口儿　窝头贴饼子
香着呢　吃一辈子了　还没吃够

外来的流浪汉铺张旧报纸

就睡在过街的地下通道（面积可是不小）
一面打鼾　一面攥紧自己的生殖器
无疑　那儿才是他的首都

81

这不是雾的伦敦　也不是
我母亲的故乡　雾的重庆
这是雾的夏日北京　湿漉漉　灰蒙蒙

曾经在民国小说里看过城南旧事
并不陌生　宣武一带的贫民窟
谁想到有一天　他也来到虎坊桥
领上了这儿的居民户口本

这就是所谓缘分了　原先在诗里
他就曾经提到过这些地名　深入其间
竟有一种故乡的亲切　但拥挤的这些人
并不是他的乡亲　他也没有乡亲

原来是在铺地　很大的场面

照例是拆掉旧的换上新的
在他看来　其实不见得比过去好

82

荒诞的不是会议本身
而是有人在认真地发言

就像一场乒乓球对抗赛
他拉起来　又被她猛烈地扣回

(借用日本女子清少纳言的语法
以开会为生的人是可怜的
而以开会为乐的人就有些可恶了)

漫长的讨论　他默诵着朋友的诗句
他不是一个人在战斗

他的心脏一阵抽搐　疼痛之余
他意识到自己还保有一点人性

84

他一直站在窗前　注视着外面的雨
并不打算出门　想起以前的祖父母
卧病多年　每天依旧关心着天气

数不清的雨点儿落在地面
他真想数个清楚

树枝柔软了　已经很难掰断
他也注意到上面结实的小苞
植物的正在发育的性器官

怎么回事　眼泪无声滑过脸颊
流到他的脖子里　这算是哭吗

熟练地划刀剥下柚子的厚皮
放在桌上　像一朵盛开的莲花

他跟他的表兄坐在一起
无话可说　但还得坚持撑完
伦理学允许的最短的时间

85

夜雨霏霏　他坐末班车经过
广电部大楼　复兴门立交桥
然后是灯光璀璨的金融街
已经在月坛附近混了两年
懒得向窗外多看一眼
他只想赶紧回家睡觉

他现在喜欢古庙的安静和阴凉
却老是找不出时间去那儿坐坐

无端地想做一个监狱看守
在高墙之内享受有限的自由
那他多半能念完孔子和庄子了

87

人到中年　才补上漂泊这一课
（即便在内心经历了奥德赛之旅
那也不能在履历表里算数）

他站在阜成门某座二十层楼
的一个阳台上　俯瞰着西二环路
日夜不息的无尽车流
以及稍远处的妙应寺白塔
以及更高处滚动的云团

是的　他确实感到了痛苦
但确实还痛苦得不够
固然他没有去过天堂
地狱他也不曾逛过
在这儿他的运气会好一些吗
有个搞艺术的朋友曾经总结道
此地气象万千　但他的国家
哪里不是气象万千呢

89

不管风在哪一个方向吹
都到了穿毛衣的时候了

他和堂弟陪着双亲大人

来到门头沟　燕山的深处
头顶则是深不见底的晴空

还是和尚们会选地方　拾级而上
曲径通幽　渐入佳境　物我两忘
有道是先有潭柘寺　后有北京城
同样的　先有父母亲　才有老唐欣

银杏树叶灿烂　群山层林尽染
可惜人的秋天与自然有所不同
标志是皱纹纵横　华发闪耀
只能令儿子们暗自心惊

91

在三联书店邂逅大学的故人
他们都保持了当年的爱好
实际上乐趣已没有那么大了

他和朋友总是在美术馆接头
原因是旁边有正宗的西安风味

雾中的一辆解放牌卡车
几乎是紫色的　好像来自梦境
这是他唯一留有印象的作品

把一块鹅卵石靠进耳边听着
他说能听到几万年前大海的风暴

92

辽阔的城市　浩瀚的人群
不怕麻烦的人可真是得其所哉

他花了两个钟头　辗转三路公交车
穿越几个行政城区　数次接近崩溃边缘
另一位则驾驶汽车　好不容易
挣脱出堵塞的路段　排队的收费站

终于会合在这条胡同的云南会馆
只不过为了跑来喝一杯普洱茶

不然再干吗呢　好像他们还有什么

更重要的事情似的　时间以及
生命　本来就应该被浪费
那就索性　浪费得慷慨些吧

95

正在白云观欣赏古老的柏树
突然接到一个陌生人的电话
他丢掉的笔记本
正掌握在对方的手里

随便他吧　心事都藏在心中
像这样子的人就不该教书
但他偏就教了　竟然还不算坏

着迷于碎片和瞬间　他注意到
少女吐了一下粉红的舌头

水里的倒影在晃动
叶片闪烁　有人到来

让苍蝇飞　让瘪三们起哄
让教授去炮制垃圾一堆

也许擦窗户的人知道更多秘密吧
但他也可能看得走了神　然后摔下来
造成粉碎性的骨折

96

柏拉图说的没错　星光闪烁
是灵魂的马车在天上巡游

他们在同一时间睡着了　大脑
并没有停止各自的工作

宇宙起源于爆炸　是谁
点燃的引信　人生结束于熄灯
又是谁关掉的电闸　这些
都不是他操心的问题

简直像魔术一样　突然间

她的睡衣滑落在地　并不认识
却又好像早已熟悉

别无选择　他们拥抱在了一起
康德大概也会赞同　这即是美
既合乎目的性　又合乎规律性

他在下坠　下坠　地心的魔鬼
让他知道并享受失重的快感

永无目的和到达的深渊
他就在这时了解了无限
啊　无限　于是他醒过来了

98

他喜爱的小说家约翰·契弗可能会问
这个城如果不是有太多的黑暗
为什么要有这么强烈的阳光
如果不是有太多的枯枝败叶
为什么要刮这么汹涌的狂风

(过去起风的时候　她爱强调
我现在可是披头散发)

这儿的居民才懒得费那个脑筋
他们擅长把肥鸭子烤得焦黄
用铜火锅涮羊肉　蘸料十余种
老舍先生还会做芝麻酱炖黄花鱼

十月初一的夜晚　路口有人烧纸
音乐四起的什刹海酒吧街　照例
挤满了白领　某旅行家指出
这相当于广东的大排档

但还别说　古城的妙处老头知道
他父亲介绍他去护国寺的桂香村
嗯　北京还是有好点心的

101

万事自有原因　一切皆为命定
石子就要铺路　梦想就要粉碎

热血青年就要做大词汇的牺牲

"吾心便是宇宙　宇宙便是吾心"
没有被写出的生活　是不真实
的生活　没有被写出的生活
甚至是不存在的生活

以此类推　这个城市　只是为了
锻造和成全　他的这部诗歌
这个世界　只是为了映照
和擦拭　他的灵魂　假如

你读到这里　怦然心动　对了
你也是　携带这种稀有元素的人
遥握一把　后会有期
我们先各自前行

2006 | 07 — 2007 | 11

| 跋 |

朝向自由的诗歌

这是我的第五本诗集。第一本《在雨中奔跑》出版于 1999 年,是我上世纪八九十年代的作品;第二本《北京组诗选章》出版于 2010 年,是一个小册子,收录了组诗的前三十多首;第三本《晚点的列车》出版于 2013 年,是我新世纪前十二年的作品;第四本《雨天和蛇》是今年在韩国出版的中、韩双语诗选。以上这几种的发行量都很有限,看到的人也不太多。应该说,这本收录了我三十多年主要作品的诗集《母亲和雪》,是我迄今为止最具有代表性的选本,它见证了时光的流逝和我的成长。

也许我应该交代一下自己写诗的经历。但我个人的经验,和大多数同时代人一样,并没有什么戏剧性。有关我的写作,能够讲清楚的,似乎也不足为外人道,而讲不清楚的神秘部分,只对自己有点意义，所以还是保持混沌为好。我真正想说的，是那些深刻影响过我的诗歌、亲人和师友，是曾经的、漫长的阅读，但那是太长的名单和太多的故事了。我意识到在辽阔的文明当中个人的渺小，我也看到了无数人们不懈的努力，这正是我们生而为人的尊严和荣耀。当然，诗歌是朝向自由的，这是古老和永恒的事业，但愿我的微薄文字，也能够汇入到这一洪流之中。

每个诗人真正的诗论就是自己的诗歌。如果说过去的诗还容易导入现成的情感和语言模式，那么，现在的每一首现代诗，作者都得发明出一种新的、特别的诗学。诗歌需要奇迹的眷顾和照耀，但奇迹出于偶然，偶然来自天意，这是诗歌之所以难说的根本原因。另外，偶然也只出现在写作过程当中，如果只是等待，那偶然也不来敲你的房门。而且，最奇妙的，每个人的偶然并不一样，好像每个人的偶然其实也就是必然。过去诗来找我，现在我去找诗。我对诗歌并无定见，我只希望自己尽可能地做到诚实，尽可能地回到朴素。显然，诗人一方面要和诗冲突，这样他才能够探索和前进；另一方面他也要与诗和解，这样他才能够持续地工作。如果说诗人需要肯定，这个珍贵的肯定首先应该是内在的、来自自身的。他至少得赋予自己必要的信心和力量。

写作原本是一件非常私人的事情，是孤独催生了诗歌，但诗歌又是倾诉和交流，它寻找着自己的知音。没有同伴的诗歌也很难想象。我想起自己的青年时代——作为读者——诗歌对我的陪伴和引领，诗歌带来的光芒和希望。不知道我自己的作品，能不能也对个别的、陌生的年轻人起到一点作用。

特别感谢诗人沈浩波，二十年前，我初见他锋芒毕露的诗歌时，就对他大为激赏，没想到后来是作为出版人的他邀请我加入了这套"中国桂冠诗丛"，感谢沈浩波以及八〇后的诗人里所和九〇后的诗人李柳杨，以敏锐的眼光和认真的工作，编选出我的这本诗集。这些作品基本呈现了我三十年来诗歌创作的大致面貌，接下来就是等待时间的检阅了。

唐欣

2017|06|17

英雄与大师

——"中国桂冠诗丛"第二辑出版后记

"中国桂冠诗丛"第二辑终于定稿。前前后后,从确定入选这一辑的诗人名单,到一首首选诗,再到不断增补他们更新的诗作,花了一年多时间。

与"中国桂冠诗丛"第一辑一样,这次入选的仍然是五位诗人。第一辑的五位诗人很好选择:严力、王小龙、王小妮、欧阳昱、姚风。他们是我心目中早就笃定认可的、出生于20世纪50年代的中国最好的五位诗人。第二辑我要选出五位出生于1960年到1965年之间的诗人,这正是中国著名的"第三代诗人"的年龄段,80年代轰轰烈烈的"第三代诗歌运动"大潮,令这个年龄段涌现出众多时至今天仍然著名的诗人。我本以为这一辑的五位诗人也会很好选,但真一个一个读下来,一个一个仔细考虑,发现很难选。

"中国桂冠诗丛"的硬门槛仍然是入选的诗人能够被我选出七十首左右我认为的好诗。这不是一件容易的事，事实上，如果能有四十首真正过硬的诗，我哪怕放低标准，再选三十首略弱些的，我也认了，但就这样，还是很困难。在出生于1960年到1965年的这一代诗人中做选择，尤其困难。"第三代诗人"中的大部分，名气远大于诗歌质量。其中很多诗人，一辈子也就一两首名作，在一个容易成名的时代，也就成了著名诗人。

"中国桂冠诗丛"第二辑的五位入选诗人中，我心中笃定认为能比较容易地选出七十首过硬佳作的，是韩东和唐欣，一选，果然。佳作纷呈，非常好选，常常需要忍痛割爱。他们是我们这个时代真正的大师。韩东是明面儿上的大师，几乎获得了时代的公认；唐欣是隐蔽的大师，他是最懂行的少数诗人心目中的大师。

"中国桂冠诗丛"选择诗人的第二个标准是，在美学上有自己独特的建树，能开某种风气之先。每一辑中，一定会选入这个年龄段中最先锋的诗人，比如第一辑中的欧阳昱。在阿吾突然从天而降，出现在我面前之前，我认为杨黎就是这个年龄段最先锋的诗人。虽然我对他的"废话"诗学从不认同,但我依然认为他是我们这个时代独特的先锋诗人,也是最好的诗人之一。我也曾经反复考虑过,是否要选入"废话派"的另一位代表诗人何小竹,但阿吾的出现,令我放弃了这一想法,阿吾诗歌中的语言活力和他日益爆发出的生命力、先锋性令我赞叹。

在确定了韩东、唐欣和杨黎之后,在阿吾未选出之前,另外两位诗人到底选谁曾让我颇费思量。由于这一代诗人普遍有强烈的"语言诗学"倾向,我曾经想,是不是应该更充分地体现这一特点,选入何小竹或者修辞化语言的典型诗人臧棣,又或者是,为了体现这套丛书的全面性,选入一位更有知识分子气质的诗人,比如黄灿然。但最终,我遵从了自己内心的声音,选择的第四位诗人是潘洗尘。潘洗尘不是语言诗人,不是修辞派,不是知识分子,也不是任何意义上的先锋诗人,不是第三代,他甚至是入选的五位诗人中最传统的诗人,是一位抒情诗人。潘洗尘的情感浓度极高,写作成本也极高,他的作品带有强烈生命意志的生死抒情,是传统抒情诗学在后现代语境下的一次反弹、一曲强音,但也有可能是一曲挽歌——写作成本太高了！唯有拿命来换，才能获得写作的有效性吗？而且我又想，如果潘洗尘能再现代一些、再先锋一些，他的生命意志能否被转化为更加杰出的文本呢？

正当我为最后一位入选诗人举棋不定时，突然看到了阿吾。阿吾的出现，完美地解决了我的难题，像是天赐的礼物。时隔多年，阿吾的诗歌突然再次在伊沙主持的《新世纪诗典》上发表，阿吾也由此重新活跃于中国最先锋的口语诗人群体中，我也因此读到了阿吾这几年的新作，其诗歌语言的活力和生命的爆发力都让我意识到，在岁月的沉淀与个人的锐意进取中，阿吾已经从"第三代"时期的语言实验天才，变成了一个从内在生命意志到充满活力的语言都体现出强烈先锋性的诗人。他的写作在近年呈现出一种井喷式爆发的姿态，我一边编选他的旧作，一边随着他的写作，增补他的新作，弄得手忙脚乱。如果阿吾的这一写作态势能够持续下去的话，他会取得更加令人咋舌的成就。

这是一个完美的组合。三位"第三代诗歌运动"的代表诗人——韩东、杨黎、阿吾；一位在第三代诗歌运动中没有留名，却在后来的写作中,超越了第三代的整体美学,进入其后更坚定的中国口语诗运动,并成为其中中流砥柱般存在的诗人——唐欣;一位成名于与"第三代诗歌运动"平行、但在诗学意识上还非常幼稚肤浅的80年代所谓的"大学生诗歌运动",却在新世纪的晚近,在2010年之后,晚熟式爆发的抒情诗人——潘洗尘。

韩东、唐欣、杨黎、潘洗尘、阿吾,他们就是我心目中1960年到1965年出生的诗人中最好的,也是我认为的中国当代诗人中最具美学代表性的五位。他们的写作风格和秉承的美学当然也是迥异的。

杨黎、唐欣和阿吾是更为彻底的口语诗人,这个比例符合中国当代诗歌的发展潮流。语言是诗人先锋性的重要指标,口语本身就是对所有传统的、旧有诗歌语言的反动,是对来自个人生命、身体、习惯、性格的个人化语言的树立,是对语言的一次解放,是让诗歌通向更自由和开放的一次革命,口语也更能最大程度地容纳当下,令诗歌更具备当代生活的有效性,口语本身,就是一种后现代的诗歌语言。从这个意义上来讲,书面语的写作不可能具备内在的先锋性。

杨黎虽然创造了"废话诗"理论，但在我看来，杨黎真正写得好的诗，恰恰是那些更及物更有内容的，甚至更有情感的诗歌。我不想因其理论而人云亦云地将杨黎理解为完全的"语言诗学"诗人。杨黎诗歌的先锋性，更多地体现在其坚定地"去经典化"上，体现在他对一切既有诗歌形态的反动，以及其他诗歌中活跃的生命力和欲望。我们在讨论一个诗人的先锋性时，无论是"中国桂冠诗丛"第一辑中的欧阳昱，还是第二辑中的杨黎，都不应该脱离写作的有效性而仅仅从其"去经典化"来评价其先锋性。如果仅仅是"去经典化"，仅仅是从表面上看是肆无忌惮的写作，并不能构成真正的先锋。真正的先锋，还是要构筑在对诗歌的内在理解力上。唯有洞悉诗歌内在的秘密，在观念和意识上有真正的世界观的突破，其先锋精神和先锋意志才能被转化为真正有效的好诗，没有有效好诗的先锋在我看来就是只有姿态而没有内在的伪先锋。杨黎和欧阳昱都有众多结实的杰作，甚至是堪称经典的杰作（即使其写法是反经典的），这才是他们作为先锋诗人的真正的立足点。同样，他们另一个共同特点是，大量的诗歌看起来很开放，姿态很先锋，却不具备写作的有效性，内在非常空洞。但写得多就是硬道理，在那么多的诗歌中，光凭他们的才华也能被选出不少有效的好诗。

阿吾和杨黎的相似之处在于，早年他们都是以带有强烈语言实验和语言形式主义的诗歌杀入诗坛的，所以阿吾的诗歌，也一直带有"第三代诗人"前口语时代的形式主义痕迹，甚至是形式主义的固化语言思维，看起来实验性很强，实际是另一种语言的封闭。但在进入新世纪以来，尤其是近年来，阿吾写作的开放性越来越强，因此其语言的内在活力越来越强大，他又是那种能将多年积淀的生命感受、个人意志、人文精神和深刻情感与其活跃的口语水乳交融的诗人，因此其写作呈现出越来越大的能量。他正在以一位"老诗人"的身份与更年轻的几代诗人抢夺中国当代诗歌的先锋高地。

唐欣与阿吾的相似之处在于，由于他们都经历过80年代"语言诗学"的深刻熏陶，所以一旦他们不再仅仅迷信于"诗到语言为止"，一旦获得了诗歌的内在力量，其语言的优势就成为他们与年轻几代诗人相比的巨大优势——他们的诗歌有语言为他们撑腰。唐欣身上的先锋性显然不如阿吾和杨黎，但没有关系，因为唐欣本来就是一个更为经典向度的诗人，重要的是，他是在一种全新的语言中，创造了一种全新的诗歌经典模式。如果仅仅从创新这一点而言，他当时是先锋的。唐欣的经典情结不允许他成为一个更为激进的先锋派，所以他成了口语诗歌经典化的重要诗人。他的写作，是一种全新的大师式的写作。唐欣一直在发展自己的诗歌，从上世纪八九十年代继承自韩东、于坚的日常生活式的、讥诮式的口语，到新世纪前后大约有十年左右的口语糅杂抒情的诗歌，甚至带有部分书面语特征的诗歌，再到他近几年来坚定了直取口语核心。直达诗意本质的经典口语写作，在漫长的写作中，越写越纯，越写越本质，将语言诗意、语感诗意与事实诗意、内容诗意、生命诗意融会贯通，自成一体。其诗歌中精神的语言控制力与发生在具体生命现场中的微妙诗意相得益彰，共同构成了一种妙不可言但又知音寥寥的"唐欣体"。他总能在最小、最轻、最淡的地方实现最具体又最结实的诗意。

韩东是中国当代诗歌中最重要的几位文学人物之一。他是20世纪80年代"第三代诗歌运动"的领袖，同时也是早期中国口语诗歌运动的领袖，他在中国先锋诗歌的发展史上具有标志性意义，但其本人的创作，除了那几首标志性的如《有关大雁塔》《你见过大海》等作品外，更多的诗歌，其实先锋性并不强，他的创作更多是建筑在语言与抒情的完美结合上。他是中国当代语言能力最强的诗人之一，是经典性写作的范例式诗人。其强大而精致的语言能力与朴素的心灵经验，令其获得了无论是先锋派还是传统抒情诗人的共同认可。他虽然是早期口语运动的领袖，但他后来的写作，并没有走向更坚定的口语，相反，书面语的痕迹越来越重。在韩东的语言世界观里，他强调的始终是语言，而不是口语。他是一位恪守于语言也恪守于心灵的诗人，正是因为他始终恪守于心灵，所以他一直领先于其同时代的绝大部分"第三代"诗人。

潘洗尘并没有经历过"第三代诗歌运动"的语言诗学训练，所以他一直是一个传统意义上的抒情诗人。抒情在今天这个时代，如何才能重新变得有效？我们又如何理解传统中可贵的部分？潘洗尘用他近几年大量的诗歌给出了答案。他的写作抓住了传统的最本质要义：心灵！真挚、朴素的心灵。潘洗尘的诗，是真正意义上情真意切的诗，只有情真，才能意切。潘洗尘这个人，正是那种传统意义上的多情、情真、情浓的人，这样的人在今天，已经很少见了。正因为他是这样的人，所以才为他写出这样的诗构筑了基础。他又遭逢了个人命运的巨大震荡，生死之间的心灵挣扎，所以其诗，是动用了非常大的生命成本和心灵成本来写的，这才有了生命之厚，有了抒情诗里最尖锐的部分。唯有成本高，抒情诗才能靠其浓度和尖锐度获得美学上的存在价值。而且潘洗尘的诗歌技艺也在这个过程中被锤炼得越发精熟，越发能让其抒情诗纳入现代性的范围。他最好的诗歌，要么是动情深而真，但动静却不大，将情感浓缩地压在细微处；要不就是在日常和平淡中突然出一记重拳，勾人心魄；要不就是敞开心扉，直陈心志，简洁有力。但他一旦过于铺陈和放纵，虽然仍有传统意义上抒情诗的强力和动人之处，但诗性总归还是被减弱，现代性还是会丧失。从去年到今年，潘洗尘被查出肝癌又遭逢母亲去世，他进入了诗歌的爆发期，不可遏制的抒情欲望令他完成了一组非常重要的生死之诗（我在他的诗集中将这一组归为一辑，以诗集名《燃烧的肝胆》为辑名）。但我觉得，如果潘洗尘能更现代一些，更先锋一些，他还能创造更大的写作奇迹和生命奇迹。作为一名如此杰出的诗人，他应该更有诗学意义上的使命感。

韩东、唐欣、杨黎的写作，都相对完整地经历了三十多年中国诗歌发展的风云变幻，未曾有大的间断；潘洗尘的写作，是一种晚熟的写作，直到2010年以后，才爆发出力量；阿吾的写作，是一种断断续续的写作，他经常猛写一阵，又搁下一阵，再猛写一阵，再搁下一阵，而且他一度长期漂泊于海外，并没有贴着当代中国诗歌的发展。但潘洗尘和阿吾，却正好于2010年之后的这些年，进入了生命的喷薄期，爆发出了惊人的能量。潘洗尘最近的那组生死之诗以及阿吾创作于2017年的组诗《一个人的编年史》都是新世纪以来中国诗歌的重要成就。从某种意义上来讲，阿吾和潘洗尘的诗歌，还远未到个人的成熟期，他们的写作，还充满了生长性。

沈浩波

2017 | 09 | 25

图书在版编目（CIP）数据

母亲和雪 / 唐欣著. — 杭州：浙江文艺出版社，2018.1
ISBN 978-7-5339-5115-3

Ⅰ.①母… Ⅱ.①唐… Ⅲ.①诗集–中国–当代 Ⅳ.①I227

中国版本图书馆CIP数据核字（2017）第293236号

责任编辑：闻　艺
特约监制：里　所
特约编辑：李柳杨
封面设计：周伟伟
封面画作：马　君

母亲和雪
唐欣　著

出版发行	浙江文艺出版社
地　　址	杭州市体育场路347号　邮编 310006
网　　址	www.zjwycbs.cn
经　　销	浙江省新华书店集团有限公司
印　　刷	河北鹏润印刷有限公司
开　　本	860毫米×1160毫米　1/32
字　　数	81千字
印　　张	5.5
插　　页	2
版　　次	2018年1月第1版　2018年1月第1次印刷
书　　号	ISBN 978-7-5339-5115-3
定　　价	42.00元

版权所有　侵权必究

中国桂冠诗丛 | 第一辑

王小龙 著 《每一首都是情歌》
严 力 著 《悲哀也该成人了》
王小妮 著 《扑朔如雪的翅膀》
欧阳昱 著 《永居异乡》
姚 风 著 《大海上的柠檬》

中国桂冠诗丛 | 第二辑

韩 东 著 《我因此爱你》
唐 欣 著 《母亲和雪》
潘洗尘 著 《燃烧的肝胆》
杨 黎 著 《找王菊花》
阿 吾 著 《相声专场》

磨 铁 读 诗 会